Para Eva —LZK

Para Maria. Te quiero mucho —EC

Penguin
Random House
Grupo Editorial

Originalmente publicado en inglés en 2023 bajo el título *A Crown for Corina* por Little, Brown and Company, una división de Hachette Book Group, Nueva York.

Primera edición: marzo de 2024

Impreso en Colombia / *Printed in Colombia*

Información de catalogación de publicaciones disponible
en la Biblioteca del Congreso de los Estados Unidos

ISBN: 979-8-89098-022-9

24 25 26 27 28 10 9 8 7 6 5 4 3 2 1

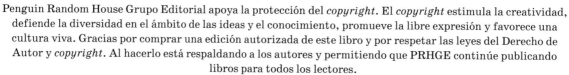

UNA **CORONA**
PARA
CORINA

LAEKAN ZEA KEMP

ILUSTRACIONES DE
ELISA CHAVARRI

VINTAGE ESPAÑOL

Los colores del jardín de mi abuela
brillan tanto que la tierra
parece que estuviera de fiesta.

Hoy la fiesta es para mí.

Es mi cumpleaños,
y con las flores más bellas,
me haré una inmensa corona.

Abuela me da una canasta.

—No olvides guardarme algunas rosas.

Corro entre las flores y sus pétalos rozan mis dedos.
Unos son suaves y delicados, algunos son espinosos.
Otros me hacen estornudar.

Luego acaricio los altramuces,
sus pétalos forman pequeñas campanas.

Abuela se arrodilla a mi lado:

—Cada flor en tu corona, Corina, debe contar
tu historia: de dónde vienes, quién eres—.
Y de una maceta arranca una orquídea morada.

—Tu abuelo me regalaba orquídeas en cada aniversario
—dice y la guarda en su canasta—. Llevarlas en mi corona
me recuerda que soy amada.

Contemplo el jardín de Abuela, veo abejas
y mariposas. Descubro un lenguaje nuevo
que no está hecho de palabras, sino de espinas
de cactus, del naranja radiante del ave del paraíso
y del dulce aroma de un cosmos de chocolate.

—Ahora, dime —me pregunta Abuela—. ¿Qué significa para ti la flor del altramuz?

—Sus puntas blancas me recuerdan la cola de Fofo. Él ama andar entre las flores casi tanto como yo. Es parte de la familia.

—¡Claro que es parte de la familia! —dice Abuela
y sonríe—. Estos "conejitos" van, sin duda,
en tu corona.

Recojo un girasol para mamá, que ama el color amarillo.
Lirios espada para papá, para recordarle nuestros
duelos antes de dormir. Las campanillas son para mi abuelo,
porque se parecen mucho a la trompeta que solía tocar.

—Y este ramo es para ti —le doy a mi abuela un puñado de equináceas—. ¡Son iguales a tu sombrero!

—Son hermosas, mija.

Y las pone en mi canasta.

—Ahora viene otra parte de tu historia:
¿quién te gustaría ser? —me pregunta.
    —¿Es como un deseo al soplar
las velas de cumpleaños?

Ella asiente: —Sí, así es.

Recojo radiantes esperanzas amarillas,
significan ilusión; margaritas tan fuertes
que crecen en todos lados y flores de niebla,
pues las mariposas aman su dulce néctar.

Mientras abuela me ayuda a juntarlas en mi corona,
le pregunto: —¿Por qué las usamos, abuela?
—Cuando nos ponemos una corona nos volvemos las raíces
de sus flores, regresamos en el tiempo para aferrarnos
a lo que más importa: nuestra familia y nuestra historia.

Toco de nuevo las flores, una por una
y comprendo todo:

MI HISTORIA.
LA DE MAMÁ.
LA DE ABUELA.

Cuando llegan los invitados, les cuento
sobre mi corona y sobre las raíces
que me unen a quienes amo.

En la noche, no me la quiero quitar,
ni siquiera cuando mamá me pone el piyama.

Ni siquiera cuando papá termina de leerme un cuento.

Algunas flores se marchitan, pétalos caen sobre la cama.

Abuela se sienta a mi lado: —¿Sabes por qué las flores comenzaron a marchitarse, Corina?

—No sé—. Muevo la cabeza. Ella toma mi mano.

—Porque las arrancamos de la tierra y nada sobrevive tan lejos de su hogar—. Me abraza.

—Tendrás otras coronas a lo largo de tu vida, pero solo una familia. No lo olvides.

A través de la ventana veo las flores de Abuela,
que bailan bajo la luna. Cada una marca una nueva
estación. También las coronas marcan el tiempo.
Esta dice que soy un año mayor y que soy Corina Casarez.

HIJA.
NIETA.
SOÑADORA.

Me quito la corona, pero me queda el amor. También los recuerdos del día que pasé con Abuela, en su jardín, aprendiendo el lenguaje de las flores.

También quedan más primaveras y más cumpleaños.
Muchas oportunidades para ver mis sueños florecer.